Ouvrages du même Auteur, qui se trouvent chez le même Libraire.

Eloge de Louis, dauphin de France, père du Roi; discours qui, en 1779, remporta le prix proposé par une société amie de la religion et des lettres; broch. in-8°.   1 f. 50 c.

Panégyrique de saint Louis, roi de France, prononcé devant les deux académies royales des belles-lettres et des sciences, en 1782; in-8°.   1 f. 50 c.

Instruction pastorale sur l'amour et la fidélité que nous devons au Roi, et sur le rétablissement de la religion catholique en France; in-8°.   1 f. 25 c.

Oraison funèbre de Louis XVI, prononcée dans l'église royale de Saint-Denis, le 21 janvier 1815, jour de l'anniversaire de la mort du Roi, et du transport solennel de ses cendres, ainsi que de celles de la Reine, etc. in-8°. 2 f.

ORAISON FUNÈBRE

DE

SON ALTESSE ROYALE

MONSEIGNEUR

LE DUC DE BERRI,

Prononcée dans l'Eglise cathédrale de Troyes, le 19 avril 1820, à l'occasion d'une Assemblée de charité, et d'un Service qu'y ont fait célébrer MM. les Membres de l'Association paternelle des Chevaliers de Saint-Louis.

PAR M. ET. ANT. DE BOULOGNE,

ÉVÊQUE DE TROYES, ARCHEVÊQUE ÉLU DE VIENNE.

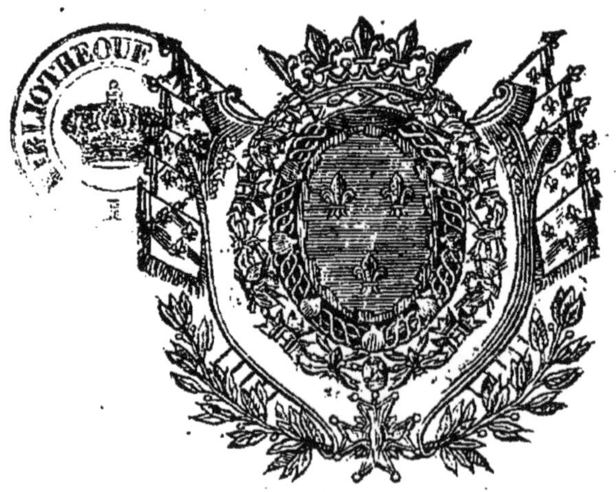

A PARIS,

Chez Adr. LE CLERE, Imprimeur de S. Ém. Mgr. le Cardinal Archevêque de Paris, quai des Augustins, n°. 35.

1820.

ORAISON FUNÈBRE

DE SON ALTESSE ROYALE

MONSEIGNEUR

LE DUC DE BERRI,

Prononcée dans l'Eglise cathédrale de Troyes, le 19 avril 1820, à l'occasion d'une Assemblée de charité, et d'un Service qu'y ont fait célébrer MM. les Membres de l'Association paternelle des Chevaliers de Saint-Louis.

Consummatus in brevi, explevit tempora multa.

Enlevé en peu d'heures, il a rempli beaucoup de temps. Au Livre de la Sagesse, c. IV, 13.

Quand nous vînmes, il y a peu de temps, nos très-chers frères, célébrer dans ce temple l'anniversaire expiatoire du Roi-Martyr, nous étions bien loin de prévoir que nous dussions y être rappelés sitôt, pour un sujet non moins triste et non moins déplorable. Et vous, malheureux Prince, objet éternel de nos regrets et de nos larmes, qui vous eût dit, il y a trois mois, quand vous rendiez vos devoirs funèbres aux cendres vénérées du *Juste couronné*, qu'incessament vous mêleriez les vôtres avec les siennes, et qu'en vous la race royale compteroit un martyr de plus ? O attentat ! ô crime sans exemple dans l'histoire des crimes ! Et qui de nous n'a pas senti le contre-coup d'un événement si funeste ? Non, ce n'est plus ici un lis qui tombe, c'est la tige elle-même de ces superbes lis qui ombragent le trône, frappée dans sa racine. Ce n'est plus un seul prince, c'est toute une postérité, c'est toute une génération royale, s'éteignant sous la main barbare qui vient de faire en un instant, ce que le temps, tout fort qu'il est, n'avoit pu faire en tant de siècles. C'est la mort d'un petit-fils D'HENRI IV et de LOUIS LE GRAND, dépositaire de nos plus chères espérances et garant de notre avenir. O qui me donnera d'ouvrir et de dérouler devant vous ce livre funèbre que vit Ezéchiel, ce livre qui ne renfermoit et au dedans et au dehors que des lamentations et des calamités; *intus et foris... lamentationes et væ* (1); pour y puiser des couleurs assez fortes ou assez touchantes, assorties au malheur que nous déplorons, et qui met le comble à tous les autres! Quel sujet que celui où nous avons à montrer, dans une seule mort et un si étroit espace, tout ce que la vertu a de plus sublime et le crime de plus odieux; tout ce que le ciel a de plus divin et l'enfer de plus hideux! Quelle voix assez éloquente pourra donc retracer cet étrange contraste? Que n'avons-nous ce pinceau sublime qui traça la nuit désastreuse, la nuit

(1) Ezech. II, 9.

effroyable, et la nouvelle retentissant tout à coup comme un éclat de tonnerre ! Et quel tonnerre plus atterrant ! et quelle nuit plus désastreuse que celle qui couvrit de son ombre funeste le crime affreux qui a plongé la France dans le deuil ! Venez donc, amateurs du monde ; venez, enfans légers et des jeux et des ris ; hommes frivoles et distraits, qui ne savez ni rien sentir, ni rien prévoir : transportez-vous en esprit sur ce théâtre d'enchantemens et de plaisirs où la mort tout à coup vient aussi placer son théâtre. Entendez tous ces accens de la désolation, et ces longs cris du désespoir qui font taire tous les concerts : voyez toutes ces pompeuses décorations, vains prestiges des yeux, remplacées par des crêpes funèbres ; et dans le temps qu'on se livre à une joie trompeuse, et que suivant l'expression du Sage, *on se couronne de roses et de fleurs* (1), le tombeau s'entrou-

____

(1) Coronemus nos rosis, antequam marcescant. Sap. II, 8.

vant soudain pour dévorer l'héritier de trente
rois. O Dieu ! qu'est-ce donc que de nous !
Ainsi nous sont révélées à la fois, et la vanité de ce monde, et la vanité de la vie, et la
vanité des grandeurs, et la vanité des plaisirs,
et la vanité de la gloire, et la vanité toute entière de l'homme, que ni la valeur, ni la santé,
ni la jeunesse, ni la force de l'âge, ni les
douceurs de l'union la plus heureuse, ni la
splendeur du sang, ni l'attente de la plus belle
des couronnes, ne sauroient garantir de la rigueur de sa destinée. Mais qu'avons-nous
besoin d'éloquence, quand les choses par-
lent si haut, et que pour émouvoir il ne
nous faut que raconter ? Qu'en avons-nous
besoin, pour célébrer un Prince dont l'éloge est
dans toutes les bouches comme dans tous les
cœurs ? Et ce regret immense, et ce deuil universel, où chaque père le pleure comme son fils,
chaque fils comme son père, chaque brave
comme son chef ; et tant de larmes aussi amères

qu'inépuisables ne sont-elles pas plus élo-
quentes mille fois que ne le pourroient être
tous nos foibles discours ?

Mais, Messieurs, il ne s'agit point seulement
ici de le louer et de le plaindre ; il faut encore
nous instruire, et profiter des grandes et ter-
ribles leçons qui sortent comme en foule du
fond de son tombeau. Il s'agit de considérer
non-seulement le Prince qui nous est enlevé,
mais le royaume en deuil qui vient de le perdre;
non-seulement le crime du moment, mais
l'attentat dont la punition peut retentir bien
avant dans les siècles : et je ne remplirois qu'im-
parfaitement mon déplorable sujet, si je ne
l'embrassois à la fois et dans le présent et dans
l'avenir. C'est ainsi que se développeront d'elles-
mêmes ces paroles de mon texte : *Enlevé en peu
d'heures, il a rempli beaucoup de temps :* oui,
beaucoup de temps pour lui ; car c'est ici que
s'accomplit en sa faveur un jugement de miséricorde ; et beaucoup de temps pour nous, car

c'est ici que s'exécute à notre égard un jugement de rigueur et de justice : beaucoup de temps pour son salut dans l'autre monde, et beaucoup de temps pour notre sort dans celui-ci ; beaucoup de temps par rapport à lui, puisque quelques heures de grâce ont décidé de son éternité ; et beaucoup de temps par rapport à nous, puisque sa mort peut compromettre le salut de la France, et décider de notre existence sociale. *Consummatus in brevi, explevit tempora multa*. Double point de vue qui va faire le partage de ce discours, où nous vous montrerons dans la perte irréparable que nous avons faite, l'objet le plus digne de nos regrets amers et de nos larmes douloureuses, et le sujet le mieux fondé de nos sérieuses réflexions et de nos plus justes alarmes. Tel est l'éloge que nous consacrerons à la mémoire de très-haut, très-puissant, et très-excellent Prince, CHARLES-FERDINAND D'ARTOIS, fils de France, DUC DE BERRI.

Puisse ce discours, Messieurs, répondre à la

douleur publique, au vif empressement d'une ville renommée par sa fidélité; et au zèle de ces respectables guerriers, de ces vétérans de la valeur et de la gloire, qui par l'hommage aussi pieux que solennel qu'ils viennent rendre au pied des saints autels à la mémoire du Prince auguste qui fut tout à la fois leur chef et leur modèle, nous disent assez haut, qu'à son exemple, leur plus chère devise sera DIEU ET LE ROI; et qu'en bons et loyaux chevaliers, on les verra toujours marcher sous la double bannière de la religion et des lis.

PREMIÈRE PARTIE.

On a dit souvent, et on se plaît à le répéter, que rien n'est comparable sous le soleil à la grandeur de notre royale famille; qu'elle n'a point de rivale en antiquité et en gloire, et qu'elle efface par son éclat toutes les généalogies du monde : et certes cette idée est trop

douce, trop honorable au nom français, pour
qu'elle ne revienne pas souvent à l'esprit, et
qu'elle ne se reproduise pas dans toutes les
bouches. Mais ce que l'on ne dit pas assez, et
ce que même certains esprits ne savent pas
assez apprécier, c'est que rien n'est plus fait
pour consacrer la légitimité, et assurer par
conséquent le repos des peuples et l'avenir des
générations, que cette gloire et cette noble
antiquité qui se perd dans la nuit des siècles;
et c'est ce que le Sage a voulu nous faire entendre, quand il nous dit : *Heureux le peuple
dont le Roi est d'une naissance illustre* (1); rien
n'étant plus propre en effet que cette illustration
de la maison régnante, pour commander le
respect des peuples, et rendre ainsi d'une part
l'obéissance plus facile et plus honorable, et
de l'autre l'autorité plus douce et plus paternelle : de sorte que n'y eût-il que cette seule

______

(1) Beata terra cujus rex nobilis est. Eccles. x, 17.

considération, c'en seroit assez pour nous faire chérir à jamais une famille toute rayonnante de ses héros, de ses sages et de ses saints, d'autant plus digne de n'avoir point de fin, qu'on ne peut guère en assigner le commencement, et qu'elle s'est faite pour ainsi dire d'elle-même ; à laquelle nulle autre ne prétend s'égaler, de laquelle toutes les autres tiendroient à honneur de descendre ; et qui par tous ces titres divers, donne à la nation plus de dignité, à la majesté plus de lustre, à la monarchie plus de grandeur, à l'ordre de la succession plus de stabilité, au trône plus de consistance.

Par-là se fait sentir l'inconséquence et tout ensemble l'abjection de tous ces factieux, qui, bien loin de s'enorgueillir de la magnificence et de la majesté de nos Bourbons antiques, ne rêvent que dynasties nouvelles ; qui ne connoissent rien de plus noble et de plus glorieux que ces sceptres précaires, toujours confiés

au sort des combats et au succès du crime ; et
ces couronnes éventuelles ; triste jouet de l'in-
trigue et de l'ambition ; dussent - ils obéir au
sang le plus ignoble , à l'étranger le plus ob-
scur ; au soldat le plus heureux , et dût notre
belle France être la vile proie du premier aven-
turier servi par la fortune.

De tous les héritiers de la race royale, le
Duc de Bérri étoit celui qui pouvoit lui offrir le
plus d'appuis, en lui donnant des gages certains
de sa durée , tandis qu'à l'exemple des siens , il
nous offroit la réunion des vertus les plus propres à en rehausser l'éclat ; et à la rendre de
plus en plus chère à la France. Ils ne le savoient
que trop, ces hommes aussi impies que barbares,
qui depuis si long-temps épioient dans l'ombre
leur proie, et avoient désigné leur victime. C'est
pour cela qu'ils disoient avec ces hommes per-
vers dont parle Jérémie : Nous le dévorerons ;
et le jour que nous attendions est enfin arrivé ;

et dixerunt : Devorabimus : en ista dies quàm ex-

pectabamus (1). Et il a été dévoré ; et ce jour à jamais déplorable nous a ravi le plus doux espoir de la France, un Prince digne à jamais de nos regrets, et par les qualités de l'esprit et par celles du cœur, et par sa vie et par sa mort; par sa vie qui a été toute françoise, et par sa mort qui a été toute sainte et toute chrétienne.

Lorsque le Duc de Berri naquit, l'État portoit en lui depuis long-temps le principe de sa dissolution, et déjà il touchoit aux jours de son agonie. C'est alors qu'une philosophie inquiète et téméraire, enivrée de systêmes et passionnée pour les innovations, répandoit son venin mortel dans toutes les veines du corps social, minoit sourdement tous les appuis de l'autel et du trône, et préparoit ainsi le règne affreux de cette impiété cruelle, tolérante par ton et par hypocrisie, et tyrannique par goût et par principes; et qui, commençant par s'armer

____

(1) Thren. II, 16.

de calomnies et de mensonges, devoit finir par s'armer de proscriptions barbares et d'arrêts sanguinaires.

C'est au milieu de toutes ces matières inflammables, et sur ce volcan dont l'explosion devoit bientôt engloutir la France, que fut placé le berceau de ce nouveau rejeton de la tige royale. Il croissoit heureusement sous les mains non moins sages qu'habiles, chargées de le diriger dans les premiers pas de l'enfance, quand l'orage éclata ; et à peine il entroit dans la carrière de la vie, que s'ouvrit devant lui la route des infortunes. C'est à l'école du malheur, ce grand maître de la vie humaine, qu'il achèvera son éducation : école précieuse, la plus féconde en instructions et en lumières, et où va se fortifier et s'embellir encore son âme naturellement grande et généreuse. Les voilà donc ces nobles fils de France, exilés de la France, jadis le refuge des Rois malheureux, et maintenant proscrivant ses propres Rois ; errans et fugitifs

d'asile en asile, de climats en climats, et des
bords de l'Italie jusqu'aux champs hyperbo-
réens, promenant leur pénible et incertaine
destinée. Que de vicissitudes à parcourir! que
de traverses à rencontrer! que d'épreuves à
subir! que de périls à éviter! que de combats
à soutenir! que d'obstacles à vaincre! Parmi
ces conjonctures si hasardeuses, ces contre-
temps sans cesse renaissans, et ces écueils mul-
tipliés, le jeune Duc de Berri se montrera
toujours digne de lui comme de la France,
noble émule de tous les siens, modèle
de tous ses frères d'armes, dont il sait partager toutes les privations et toutes les misères. Disciple et compagnon de l'illustre Con-
dé, dont le nom est celui de la valeur même,
il saura lui prouver, par son courage impé-
tueux et un talent précoce qui semble encore
plus inspiré qu'appris, qu'il est du même sang
que lui. Toujours prêt à voler à la voix du devoir, et, pour nous servir de ses expressions,

à marcher en avant, quand la gloire l'appelle;
si trop souvent les occasions lui manquent, il
ne manque jamais à aucune occasion. Mais il
fait bien plus que d'être brave, il est humain
et généreux; chaque exilé voit en lui un ami,
chaque soldat un frère, chaque famille fugitive
un protecteur et un appui. D'autant plus ava-
re du sang françois, qu'il le voit prodigué
par torrens pour la plus injuste des cau-
ses, il se reprocheroit tout combat qui n'auroit d'autre but que de verser le sang, et d'autre succès que l'honneur de vaincre : bien supérieur ici à tant de faux héros qui se croient
sans foiblesse, parce qu'ils sont sans entrailles;
au-dessus de l'humanité, parce qu'ils la mécon-
noissent; et toujours avides de lauriers et im-
patiens de gloire, n'importe à quel prix. Sans
cesse poursuivi par une fortune ennemie, qui
se plaît à tromper la fidélité, et à déconcerter
toutes les prévoyances; qui semble se jouer
entre les divers intérêts, entre les succès et

les revers, entre la crainte et l'espérance, entre les secours qu'elle promet et les secours qu'elle refuse, le Duc de Berri se montrera toujours supérieur à lui-même, toujours d'accord avec sa situation, aussi bon à donner les conseils qu'à les recevoir, aussi capable de se mêler d'affaires que de combats, et non moins propre à négocier qu'à se battre; et toujours, il saura prouver que l'on peut bien trahir sa cause, mais non pas lasser sa constance, et que, si on peut le tromper, on ne pourra jamais l'abattre.

Qui nous dira cependant sa douleur, et nous racontera ses regrets d'employer ainsi son courage et de tourner ses armes, non sans doute contre sa patrie, car pour lui, ainsi que pour tout vrai François, il n'y a pas de patrie là où n'est pas le Roi; mais contre des François, dont le nom seul intéressoit son cœur; mais contre un peuple égaré dont aucune injustice ne sauroit l'éloigner; mais contre

tre une nation ingrate et fascinée, que ses malheurs mêmes ne faisoient que lui rendre plus
chère ; ou plutôt contre une poignée de factieux, qui s'appeloit alors la nation pour l'as-
servir, comme encore aujourd'hui une poignée de sectaires s'appelle la nation pour la
corrompre.

Enfin, l'heure de la délivrance est arrivée.
Le déprédateur des nations (1) a rempli son
destin ; *son arrogance l'a trompé* (2) *; et celui
qui a fait tant de captifs est parti pour la
captivité* (3). La France est rendue à son Roi,
à ses nobles enfans, à elle-même ; et le Duc
DE BERRI, qui a tant combattu pour elle, va
jouir enfin du bonheur de la revoir. Avec
quelle confiance et quelle douce sécurité il y
revient ! avec quels transports il y sera reçu !

(1) Prædo gentium. Jerem. iv, 7.
(2) Arrogantia tua decepit te. Jerem. xlix, 16.
(3) Qui in captivitatem duxerit, in captivitatem va-
det. Apoc. xiii, 10.

Déjà sont dressés les arcs de triomphe. Déjà la foule se presse autour de lui, et les fleurs sont répandues à pleines mains sur son passage. Quel spectacle enchanteur que son entrée dans les cités qui les premières ont le bonheur de le recevoir ! Sont-ce des chants ? sont-ce des larmes ? Est-ce de la joie ? est-ce de l'amour ? est-ce de l'ivresse ? et jamais entra-t-il dans des cœurs françois des émotions si vives et si pures ? Mais quelle est donc cette pensée déchirante qui vient en ce moment oppresser mon ame ? Hélas ! qui lui eût dit alors, à ce malheureux Prince, tout rayonnant de gloire et d'espérance, et tellement rempli de son bonheur, qu'*il craint d'y succomber et d'en mourir de joie ;* qui lui eût dit alors qu'un jour si beau étoit le précurseur de la plus sombre nuit, qu'un retour si miraculeux auroit une issue si funeste, et qu'en touchant au sol natal il touchoit à l'abîme qui devoit l'engloutir. Et toi, *ô chère France !* car c'est ainsi qu'il te salua, en abordant pour la première fois sur ta rive si désirée ; *chère France !* comment donc devoit-il sitôt t'appeler *France malheureuse ?*

Mais trompons un instant notre douleur, et écartons de notre esprit ces réflexions cruelles, pour admirer enfin le Prince qui nous est rendu. C'est maintenant qu'il peut dire aussi, comme son vertueux père, lorsqu'il arriva parmi nous, qu'*il n'y a en France qu'un François de plus.* C'est maintenant qu'on va l'entendre s'écrier, qu'*on n'est heureux qu'au milieu des siens.* Nous pourrons donc facilement apprécier tout ce qu'il vaut, jouir de ses vertus comme de ses bienfaits ; et avec plus de moyens de le connoître, acquérir plus de raisons pour l'aimer. Nous pourrons juger de nos yeux jusqu'à quel point il est François, et combien il nous est doux de posséder un Prince dans lequel brillent à la fois et cette noble franchise, compagne inséparable d'un grand cœur ; et cette affabilité touchante qui se concilie si bien avec la dignité, et même la rehausse ; et cette vraie popularité qui fait qu'un Prince sait souvent oublier son rang, sans jamais en descendre ; et ces vivacités aimables, qui ne faisoient que rendre plus sensibles les douceurs de sa société ; et cet art, qui n'appartenoit qu'à lui, de réparer les offenses échappées à l'ardeur, souvent extrême, de son caractère, laquelle ne servoit alors qu'à donner plus de relief à sa bonté ; vérifiant ainsi cette maxime du Sage, que *comme la rosée tempère la chaleur, une douce parole vaut mieux qu'un présent* (1).

Mais la vertu qui dominoit en lui toutes les autres, c'est cette compassion pour les malheureux, *qui étoit née et croissoit avec lui dès l'enfance* (2) : c'est cette générosité sans bor-

(1) Nonne ardorem refrigerabit ros? Sic et verbum melius quàm datum. Eccli. xviii, 16.
(2) Job. xxxi, 18.

nes, avec de si foibles ressources ; et cette bienfaisance inépuisable, avec des moyens si faciles à épuiser ; et cette prodigalité de secours, toute prise non-seulement sur ses épargnes, mais sur ses goûts : de sorte que, toujours bon et indulgent envers ses serviteurs, il n'est sévère que pour l'économie, ainsi que dans les camps il n'étoit sévère que pour la discipline. Vous le savez, chrétiens, et qui de vous pourroit l'ignorer ? Qui de vous n'a pas *entendu raconter ses aumônes dans l'assemblée des fidèles* (1) ? Et sans parler ici de ces aumônes journalières, qu'il semoit, pour ainsi dire, sur ses pas, et qu'il versoit à pleines mains dans le sein des pauvres, qui nous dira tous les malheurs publics qu'il a réparés, toutes les chaumières qu'il a relevées, toutes les écoles qu'il a protégées, toutes les entreprises utiles qu'il a encouragées, toutes les associations de

(1) Eccli. xxxi, 11.

bienfaisance qu'il a favorisées, et à la tête desquelles il se montroit aussi bien placé, qu'au front de ses cohortes valeureuses, emportant, l'épée à la main, les redoutes de l'ennemi.

Mais combien une telle bonté, une telle munificence acquièrent de titres à notre admiration, quand elles sont relevées par toutes ces qualités et ces vertus chevaleresques qui constituent le vrai François, et dont le Duc de Berri fut un parfait modèle ? Vertus toutes fondées sur le sentiment de l'honneur, de cet honneur, l'ame des monarchies, et qui surtout fut l'ame de la nôtre! Source féconde et d'actions héroïques et d'exploits glorieux! Fleur précieuse, dont la France est la terre classique, que nos Bourbons ont naturalisée parmi nous, et que par-dessus tous les autres cultivoient nos illustres preux; ces François par excellence, dont la fidélité n'avoit rien de servile, le dévouement rien d'intéressé, la

politesse rien de faux, l'ignorance rien de gros-
sier, la valeur rien de farouche, les foiblesses
même rien de vil; et qui savoient si bien unir
à la fierté des sentimens l'urbanité des procé-
dés, et au désir de plaire le besoin de servir.
Fleur brillante, l'orgueil de notre sol, mais
qui se fane tous les jours; et qu'a flétrie le
vent brûlant de la philosophie, pour n'y sub-
stituer que l'intérêt calculateur, le froid mortel de l'égoïsme, et la rampante ambition,
qui ne connoît d'autre gloire que le succès,
d'autre succès que la fortune.

Mais que disons-nous? et seroit-il vrai que
ce feu sacré du vieil honneur fût éteint parmi
nous jusqu'à la dernière étincelle? Et faudroit-
il dire de notre Prince qu'il a été le dernier
des François, comme on a dit d'un citoyen
fameux qu'il fut le dernier des Romains? A
Dieu ne plaise, Messieurs, que nous fassions
cette injure à une nation qui possède encore
ses Bourbons, et dont le Roi compte en-

core tant de serviteurs dévoués, tant de gardes fidèles et tant d'épées généreuses. Mais pouvons-nous ne pas gémir sur le déclin précipité des mœurs françoises, et de l'esprit vraiment national qui animoit nos bons aïeux ? Pouvons-vous ne pas déplorer cette dégradation toujours croissante qu'entraîne parmi nous la perte successive de nos traditions héréditaires, et de ces grands et nobles souvenirs destinés aujourd'hui à être ensevelis dans la nuit de notre histoire, comme ils s'éteignent dans nos cœurs ? Pourrons-nous ne pas déplorer l'aveuglement de ces hommes dégénérés, qui, bien loin d'être fiers de notre ancienne gloire, osent encore nous parler d'un âge nouveau, et nous vanter leur nation nouvelle ; si nouvelle en effet qu'elle ne peut plus se reconnoître : comme si la nouveauté d'une nation ancienne pouvoit être autre chose que son dépérissement, précurseur de sa barbarie ; comme si la vieillesse d'une nation n'étoit pas sa vraie majesté ;

comme si les sages de tous les temps ne nous avoient pas dit qu'une nation ne se corrompt et ne s'abâtardit qu'en dénaturant son génie, son caractère propre, et en perdant ses mœurs originales ; de même qu'elle ne peut se rajeunir et renaître à la vie qu'en revenant à son ancien esprit, et en se replaçant sur ses bases premières ; comme si ce n'étoit pas nous apprendre à nous mépriser nous-mêmes, que de répudier ainsi nos ancêtres, sans savoir ce que deviendront nos neveux : moins sages et moins pieux sans doute que le Scythe barbare, qui, forcé de quitter la terre natale, vouloit du moins emporter avec lui ses dieux domestiques et les ossemens de ses pères.

Ainsi donc le grand pas qu'a fait le siècle, à force de marcher, c'est de nous ramener aux élémens de la vie sociale et à l'enfance des nations : c'est de nous mettre à l'apprentissage de la raison et de la pensée ; et pour que rien ne manque à son délire, d'appeler tous ces essais infortunés et ces rêves d'un jour, de la raison perfectionnée, de la morale transcendante, et de la haute civilisation.

Mais une vie toute françoise, toute conforme à la foi antique, au caractère et à l'honneur national, ne suffiroit pas au Prince auguste que nous pleurons, pour rendre sa mémoire sainte; et il nous faut d'autres vertus à célébrer dans cette chaire. Ce n'est encore ni la probité, ni la bienfaisance, quelque grande qu'elle puisse être, ni l'amour pour les arts, ni toutes ces qualités guerrières et domestiques dont sa belle ame fut ornée qui auroient pu nous rassurer sur ses destinées éternelles : nous avons besoin, pour cela, d'autres titres et d'autres garanties. Ce sont les pensées de la foi, les sentimens de la piété, et ces vertus sublimes, qui, inspirées par la religion, renferment seules le principe de la vie et le germe de l'immortalité. C'est une mort toute chrétienne, et, comme parle l'Ecriture, *précieuse devant Dieu*, et digne au moins de sa miséricorde, si on ne peut pas lui offrir une vie digne en tout de sa sainteté. C'est une mort où la grandeur du repentir peut expier tous les écarts, racheter toutes les foiblesses, et la vivacité de la foi obtenir le pardon de toutes les erreurs. Or, telle est celle du Duc de Berri, qui vaut à elle seule la plus belle vie du monde. Venez donc encore, Messieurs, venez contempler cette scène déchirante et ce spectacle vraiment chré-tien, où la piété donne des forces à la nature, où la nature, dans ses épuisemens, rend en-core plus sensibles les mouvemens de la piété. Le voilà donc frappé par une main que les fu-ries ont armée, et déjà couvert de son sang, rejaillissant sur sa compagne infortunée. Le voilà sur le lit de douleur, autour duquel vient se précipiter une famille au désespoir. Qui nous retracera ce tableau lamentable, où l'on voit à la fois et ce père chéri, autant que res-pecté, qui semble mourir tout entier dans

son fils ; et ce second père, également frappé
et dans son trône et dans son cœur, et qui
bientôt va lui fermer les yeux de ses royales
mains ; et ce tendre frère, qui, dans ce seul
ami, dit avoir perdu tous les autres ; et cette
sœur, née pour les larmes et pour le malheur,
et qui semble dans ce moment épuiser la coupe
de toutes les douleurs et de toutes les misères ; et plus encore que tous les autres, cette
épouse, qui, dans *sa douleur sans mesure, et
grande comme l'Océan* (1), ne veut plus être
consolée ; et qui, après avoir possédé tout entier le cœur de son époux, voudroit encore
partager son tombeau, si son titre de mère ne
lui faisoit pas un devoir de vivre ; et, à côté
d'elle, l'innocente au berceau, que bénit la
main paternelle, et qui par ses grâces touchantes, son aimable sourire, et l'ignorance même de
ses propres malheurs, semble ajouter encore,

(1) Thren. ii, 13.

à cette scène d'épouvante et de désolation , de deuil et d'infortune. Non , après ces malheurs il n'y a plus de malheurs, et il n'est plus permis à aucun mortel de se plaindre. Mais que faisoit en ce moment affreux le Prince agonisant, oppressé à la fois et par les douleurs de son corps, et par les angoisses de son esprit, et par les déchiremens de son ame ? Sa première pensée est pour Dieu, sa première inquiétude pour sa conscience, et sa première crainte pour son salut. Il s'occupe bien plus des secours de la religion que des secours de l'art, et du médecin de son ame que de ceux de son corps. Après s'être livré à ses plus nobles et plus chères affections ; après avoir payé le juste tribut de ses regrets et de ses larmes à la tendresse, à l'amitié, à la reconnoissance, à la piété filiale, à l'amour fraternel, à l'amour conjugal, il tourne tout son cœur vers celui qui l'a fait et auquel il va se réunir. Il fait à Dieu le sacrifice du reste de ses ans, comme

celui de ses souffrances ; il lui adresse ses regrets de l'avoir trop peu servi ; il le supplie, à
l'exemple du Prophète, d'*oublier les ignorances
et les fautes de sa jeunesse* (1) ; il les dépose
dans le sein du ministre sacré, avec autant
d'humilité que de confiance. Il veut encore
que sa contrition immense se répande au
dehors, et que la publicité de son repentir
mette le sceau au sacrement de la réconcilia-
tion. Muni du signe auguste du Rédempteur, il
invoque à la fois et le Fils et la Mère. Après
avoir demandé pardon pour lui-même, il le
demande pour les autres ; il le demande pour
la France. Non-seulement il pardonne *à
l'homme qui l'a frappé,* mais il va même au-
delà de ses devoirs ; et par *une charité plus
forte que la mort* (2), il sollicite du Monarque
la grâce du meurtrier : sentiment d'autant plus
généreux, qu'il regrette, dit-il, de n'être pas

(1) Ps. xxiv, 7.
(2) Cantic. viii , 6.

mort sur le champ de bataille en combattant pour son pays, plutôt que de mourir d'une main aussi lâche et aussi cruelle. Vous le voyez, Messieurs; c'est encore ici le François qui parle, et qui se montre tel jusqu'au dernier moment. Mais non, Prince trop abusé peut-être; vous faites bien plus que de mourir au lit d'honneur, vous mourez au lit de la vertu et au lit du chrétien; vous mourez de la mort des justes, ce qui est bien plus beau que de mourir de la mort des braves. Vous auriez pu partager avec vos frères d'armes la gloire de vaincre, et même celle de les surpasser; mais la victoire de votre foi, la victoire de vos derniers momens n'appartient qu'à vous seul, et à vous seul vous en avez tout l'honneur et toute la gloire. Vous auriez pu triompher de votre ennemi, vous n'auriez pas pu lui pardonner; vous auriez remporté la palme du courage, vous en obtenez une plus pure et plus durable, celle du repentir le plus sincère et de la résignation la plus héroïque ; et vous vérifiez ainsi la vérité de cet oracle, que *le patient vaut mieux que le fort; et celui qui dompte son cœur, que le guerrier qui prend des villes et gagne des batailles* (1).

Et voilà pourquoi, n'en doutons pas, Messieurs, la Providence a prolongé, par un miracle que l'on ne sauroit trop reconnoître, l'agonie de notre Prince et ses souffrances expiatoires ; voilà pourquoi elle a permis qu'*il se survécût à lui-même* (2), et se montrât ici plus fort que la nature, afin de lui donner le temps de se purifier et de se reconnoître, et à nous celui de l'admirer, de l'apprécier, et de nous rendre utile le grand spectacle de sa mort. Supposons en effet qu'il fût tombé soudain sous le fer si horriblement assuré du parricide; que de grandes leçons eussent été perdues pour nous et pour sa gloire

(1) Prov. xvi , 32.
(2) Lettre du Roi aux Evêques.

et

et pour la postérité ! quel beau monument de moins pour l'honneur de la religion ! Et comment donc aurions-nous pu recueillir alors et ces tendres adieux, et ces belles paroles, qui, parties de son cœur, retentiront si long-temps dans les nôtres ; et ces retours édifians, aussi propres à soulager notre douleur qu'à ranimer notre piété ; et ces élans du sentiment religieux, qui, se réveillant avec tant de force parmi les ombres de la mort, nous a prouvé qu'il ne fut jamais éteint au milieu même des illusions de la vie, et n'a servi qu'à nous convaincre qu'un cœur si prompt à revenir à Dieu, ne fut jamais atteint du poison mortel de l'incrédulité, que jamais il ne fut perverti par les idées nouvelles, que toujours il resta étranger aux erreurs et aux folies de son siècle, et que celui qui retrouva si tôt toute sa foi, étoit bien loin de l'avoir jamais perdue.

C'est ainsi que la mort de notre auguste

Prince a *accompli beaucoup de temps*, en nous développant dans un si court délai toutes les profondeurs des desseins éternels sur lui, toute l'étendue de la puissance de la grâce, et toutes les merveilles qu'elle se plaît à opérer dans une ame prédestinée.

C'est ainsi que ces six heures de rémission et de miséricorde nous ont été aussi profitables à nous-mêmes qu'à lui, en nous révélant tout ce que ce cœur noble et magnanime renfermoit de religieux et de chrétien; et en nous pénétrant de la douce pensée, que s'il a vécu comme Henri IV, il est mort comme saint Louis.

Tels sont, Messieurs, les deux titres sacrés que notre Prince vient d'offrir à notre admiration et à notre amour, et qui font de sa perte l'objet de nos éternelles douleurs. Voyons maintenant comment elle doit faire le sujet de nos plus sérieuses réflexions, et de nos plus justes alarmes.

SECONDE PARTIE.

Un des principes invariables de notre foi, c'est que Dieu préside à la destinée des empires; que, dispensateur suprême des sceptres et des couronnes, il les donne ou les ôte à son gré. Tantôt c'est en se servant de l'épée de ces *ravageurs de provinces* que nous appelons conquérans, qu'il met un terme à la vie des nations; tantôt c'est en frappant de l'esprit de vertige les peuples et les rois, pour les punir les uns par les autres. Ici, c'est en enlevant par une mort prématurée les Princes vertueux dont les nations se sont rendues indignes; là, c'est en permettant quelquefois que *les plus vils tyrans possèdent les plus beaux trônes de la terre* (1), comme pour nous montrer le peu de cas qu'il fait des humaines grandeurs, et

______

(1) Multi tyranni sederunt in throno, et insuspicabili portavit diadema. Eccli. xi, 5.

combien peu de chose sont à ses yeux les trônes et les diadêmes : et toujours *en transportant*, dit le Sage, *le royaume d'une nation à une autre, suivant leurs injustices, leur politique frauduleuse et leurs mauvais desseins* (1). C'est ainsi qu'il se plaît à confondre ces politiques insensés, qui se donnent pour les arbitres des affaires de ce monde, quand ils ne sont que les agens d'un conseil bien plus haut qui les conduit à leur insu : c'est ainsi qu'il nous apprend à trembler toujours sous la main de celui *qui déracine les empires superbes et plante les humbles* (2); qui dit aux Rois : *Vous êtes des dieux* (3), et *les brise dans sa colère* (4); *qui touche les montagnes, et elles*

(1) Regnum à gente in gentem transfertur propter injustitias, et.... diversos dolos. Eccli. x, 8.

(2) Radices gentium superbarum arefecit Deus, et plantavit humiles ex ipsis gentibus. Eccli. x, 18.

(3) Ps. lxxxi, 6.

(4) Ps. cix, 5.

s'évanouissent en fumée (1); qui touche les trônes, et ils tombent en poudre.

Or, parmi ces pertes véritablement alarmantes pour le sort des générations, et ces morts qui ont tant d'influence sur l'état des sociétés et l'avenir des peuples, il en est peu de plus remarquable et de plus digne de nos sérieuses réflexions, que celle du Prince, triste objet de nos plus vifs regrets ; tant par le principe qui l'a produite, et que nous devons à jamais détester, que par les suites qu'elle peut avoir, et que nous avons tant à craindre.

En déplorant, Messieurs, avec tant de douleur et d'amertume la mort d'un Prince si cher à la France, il n'est aucun de nous qui ne veuille en rechercher la cause, et qui ne se demande d'où est sorti et comment s'est formé le forcené qui a tranché, par un si lâche attentat, des jours aussi précieux. Il n'est aucun de nous qui ne se soit dit : S'il

(1) Ps. ciii, 32.

est bien vrai qu'il appartienne à la race humaine, l'artisan de ce crime, assez furieux
pour s'en faire une gloire, assez barbare pour
s'en faire une jouissance, et assez fanatique
pour s'en faire un devoir. Mais en même
temps que chacun cherche à expliquer ce
phénomène d'une perversité surnaturelle, un
cri universel se fait entendre ; et d'un bout
de la France à l'autre le génie révolutionnai-
re, c'est-à-dire, le génie du mal, est accusé
d'avoir conduit et raffermi la main du régicide, après avoir égaré son esprit et dégradé
son cœur. C'est dans ces ateliers abjects où
se fabriquent tous ces contrats sociaux ou
antisociaux, que s'est forgé le fer meurtrier
qui a percé le sein de l'auguste victime ; c'est
dans ces antres ténébreux où préside l'impiété, mère sanglante de la révolte et de la
sédition, et où s'ourdissent ces trames infer-
nales et ces perfides machinations qui mena-
cent les trônes, et, avec les trônes, le monde

entier. Non, ce n'est point tant l'arme fatale du meurtrier qu'il faut considérer ici,
c'est le poignard du peuple souverain, c'est-
à-dire, de ceux qui le font tel ; c'est le crime
de ceux qui l'enivrent de folles prétentions ,
exaltent ses passions par des promesses falla-
cieuses , et le promènent depuis trente ans
d'illusions en illusions et de misères en
misères ; ceux qui ne cessent de lui dire
que c'est à lui à faire et défaire les Rois, et
qu'ici c'est son nombre qui fait sa force, et sa
force qui fait son droit : d'où il conclut que s'il
peut les détrôner à volonté, il peut, par-là
même , les immoler à volonté ; et que s'il a
le droit de disposer arbitrairement de leur
sceptre , il a , par-là même , celui de disposer
de leur vie. Doctrine aussi perverse qu'insen-
sée ; fanatisme nouveau, dont le meurtrier
s'est déclaré lui-même atteint par l'authen-
tique aveu que son crime n'avoit eu d'autre
objet que *de délivrer le peuple de ses tyrans.*

Ce qui veut dire qu'il vouloit immoler le Prince, non parce qu'il étoit tyran, mais parce qu'il étoit Prince, et que son titre seul étoit un titre d'oppression. Dans quel siècle et chez quelle nation vit-on jamais un semblable délire?

Mais un aveu non moins frappant et non moins mémorable, c'est celui qu'il a fait que *Dieu n'est qu'un mot;* et qu'ainsi plus criminel et plus audacieux encore que l'impie dont parle le Prophète, qui *a dit dans son cœur : Il n'y a pas de Dieu* (1), il l'a dit de sa bouche. Mot insensé, mais digne d'être retenu : blasphême horrible, mais bien propre à répandre un nouveau jour sur le crime que nous déplorons, en démontrant qu'il est l'ouvrage d'un double fanatisme de politique et d'impiété, et que ce n'est ici que la haine des Rois, exaltée par la haine de Dieu, qui a produit

______

(1) Ps. XIII, 1.

cet exécrable parricide : épouvantable frénésie, qui, en se propageant, pourroit seule
ébranler les fondemens du monde! Et qui
sont donc ces hommes qui oseroient nous dire
encore qu'on ne doit voir en elle qu'une doctrine solitaire et un accident sans complice?
Comme s'il n'y avoit pas ici autant de com-
plices qu'il y a de catéchismes mensongers
pour empoisonner le berceau de la génération
qui arrive, et de *chaires de pestilence* pour
achever de pervertir la génération qui s'écoule.
Comme si cette doctrine n'étoit pas celle de
tous ces génies malfaisans qui couvrent en ce
moment la France, ainsi que ces nuées d'in-
sectes venimeux qui couvroient autrefois,
pour sa désolation, la malheureuse Egypte.
Apôtres infatigables d'insurrection et de révolte, qui n'aspirent à rien moins qu'à parcourir l'un et l'autre hémisphères, qu'à sou-
lever la lie des nations pour creuser leur tombeau, et ne seront pleinement satisfaits que

lorsque, rassasiés de sang et de rapines, ils se reposeront sur les débris de l'univers.

Malheureux sophistes, applaudissez-vous donc de vos succès : vous avez voulu les principes, vous en avez les conséquences : vous avez voulu tout immoler à vos vaines théories, vous en voyez l'application ; et de vos systèmes monstrueux naissent des monstres de crime. Vous avez voulu qu'il n'y eût plus que des opinions, et il n'y a plus que des opinions dont chacun est le juge suprême ; et le régicide vous a donné ses opinions comme sa règle unique, et a justifié ainsi le meurtre par le meurtre. Non, ce n'est point ici un ressentiment, ce n'est point une haine personnelle, ce n'est point une injure vengée, *c'est son opinion, ce sont ses sentimens;* de sorte que c'est bien moins ici la passion qui pousse au crime, que le crime qui est la passion. Vous ne voulez point de religion, si ce n'est peut-être son simulacre ; et loin d'invoquer son autorité, vous ne cherchez qu'à lui opposer la vôtre ; et le coupable aussi cherche à lui opposer la sienne, et dans la liberté de penser, voit la liberté de tout faire. Vous désirez des lois athées, et vous avez des assassins athées, aux yeux de qui le vice et la vertu ne sont qu'un mot comme Dieu, et pour lesquels il n'y a d'autre crime que celui de manquer son coup. Vous ne voulez plus de sacrilége, et il n'y a plus de sacrilége, excepté la loi qui le méconnoît ; et immoler l'héritier de la monarchie, ou le plus vil des hommes, n'est plus qu'un même crime. Enfin, vous persécutez les missionnaires de la vie éternelle, et vous avez des missionnaires du néant : tout cela n'est-il pas dans l'ordre ? Et de quoi donc vous plaindriez-vous ? Ne faut-il pas que les maîtres soient responsables de leurs disciples ? Ne faut-il pas que chaque arbre porte son fruit ? Ne faut-il pas qu'après avoir semé du vent, vous recueilliez la tempête : et puisque vous ne voulez plus de l'enfer dans l'autre monde, ne faut-il pas en attendant que vous le transportiez dans celui-ci ?

Et vous, Prince magnanime, Prince vraiment Bourbon, et à ce titre si jaloux de l'honneur de votre nation, vous qui trouviez si cruel de mourir de la main d'un Français ; non ce n'est point un Français qui vous donne la mort, mais un monstre que repoussent tous les Français, non – seulement comme indigne de l'être, mais comme indigne du nom d'homme. Non, vous n'êtes pas mort par la main d'un Français, mais par celle d'un athée, qui n'appartient à aucune nation, qui ne sauroit avoir une patrie propre, et qui n'ayant plus de rapport avec le Père universel des êtres, ne connoît plus de frères, et dans son effroyable solitude ne laisse voir en lui que le rebut de l'univers et l'apostat du genre humain.

Mais quoi ! et jusques à quand ces scandales dureront-ils, et tous ces principes funestes se

propageront-ils ? jusques à quand croirons-
nous donc qu'armés de doutes et de blas-
phêmes, nous pourrons détrôner l'Eternel, ou
qu'en jetant quelques grains de poussière ou
quelques feuilles teintes de sang contre le soleil, nous pourrons obscurcir sa lumière?
Voudrions-nous donc devenir l'opprobre des
nations et l'effroi de la terre? voudrions-nous
donc parler toujours de paix, et mettre un
obstacle invincible à la paix, en déclarant la
guerre à Dieu, source et principe de tout bien
et de toute concorde? N'aurions-nous donc
triomphé de tous nos ennemis, que pour en-
tretenir au milieu de nous ce chancre dévo-
rant de l'athéisme, plus redoutable mille fois
à un État que le fer et le feu ennemi? Ana-
thême, horreur donc éternelle, à ces fléaux
de la patrie, qui se font un jeu de sa perte et
un spectacle de ses calamités; à ces ennemis
de notre bonheur comme de notre gloire,
dont les principes destructeurs armeroient

contre nous l'univers, nous rendroient aussi méprisables au dedans qu'au dehors, aussi odieux à nos voisins qu'insupportables à nous-mêmes, et avec lesquels nous deviendrions bientôt les schismatiques de toutes les nations, comme l'athée est schismatique de toute la nature.

Et voilà donc, Messieurs, l'inconcevable frénésie qui ne pouvoit appartenir qu'au siècle qui ne veut adorer que la *raison pure*; c'est de voir l'impiété se passionner pour les doctrines les plus sombres et les plus désolantes, comme les enthousiastes les plus ardens pourroient se passionner pour les idées les plus douces et les plus consolantes : c'est de voir ce triste et froid raisonneur, qui ne croit plus à rien, et qui discute tout, devenir plus fanatique encore et plus emporté que le superstitieux qui croit tout et ne discute rien; avec cette différence néanmoins, que, si dans celui-ci c'est la religion mal entendue qui l'aveugle, dans celui-là, c'est sa philosophie bien expliquée qui le pousse ; avec cette différence, que si le fanatisme religieux peut souvent élever l'ame, et la porter au grand, le fanatisme de l'impiété ne peut jamais que la flétrir et la porter à tout ce qui est vil ; qu'on peut réprimer l'un, et le diriger même vers le bien, tandis que l'autre, sans autre mobile qu'un orgueil exalté et une corruption calculée, ne connoît plus de frein, et ne souffre plus de remède ; et qu'enfin, si le fanatisme religieux est l'excès de la vertu, le fanatisme de l'impiété en est l'extinction et la mort.

Mais c'est peu de pleurer sur le Prince que nous avons perdu, nous devons encore pleurer sur nous ; et, après avoir reconnu la cause à jamais détestable de sa mort, il nous importe de nous demander quelles en seront les suites et les fatales conséquences. Hélas ! et quel sort est donc maintenant réservé à la France? quel changement un si grand attentat mettra-t-il dans nos destinées ? Est-ce donc le dernier auquel un Dieu vengeur nous attendoit, et la mesure seroit-elle comblée? A quels nouveaux malheurs sommes-nous réservés? quelles voies inconnues nous reste-t-il encore à parcourir? et faut-il donc que nous versions encore plus de larmes sur les vivans que sur les morts? Y auroit-t-il pour les nations une impénitence finale? Arrive-t-il donc un moment, une faute, un malheur, un crime après lequel il n'y a plus de salut, plus d'espérance, plus de miséricorde? et dans cette terrible et redoutable supposition, ce royaume seroit-il arrivé à sa dernière réprobation et à sa dernière ruine? Mes frères, Dieu le sait; *son secret est à lui* (1); *et qui de nous a été son conseiller* (2)? Mais ce que nous pouvons assurer sans entrer dans les conseils de Dieu, c'est que les royaumes ne pouvant pas être jugés dans l'autre monde, comme les Rois, ils le sont tous

(1) Isai. xxiv, 16.
(2) *Id.* xl, 13.

dans

dans celui-ci, et reçoivent par conséquent, dès cette vie même, leur châtiment ou leur récompense. Ce que nous pouvons annoncer sans être prophète, c'est que lorsqu'au coucher du soleil un noir nuage paroît sur l'horizon, le lendemain vient la tempête; et que jamais nuage n'a été plus sombre et plus sinistre que celui qui s'élève aujourd'hui sur le tombeau du Duc de Berri. Ce que nous savons, sans vouloir pénétrer aucun secret du ciel, c'est que, si les hommes tuent les princes, les doctrines tuent les empires, et frappent au cœur les nations; que toutes ont péri par les mêmes maximes qui nous égarent et les mêmes vices qui nous travaillent; et qu'un peuple auquel on donneroit l'impiété comme un remède à ses vices, un frein à ses passions, et un garant de sa félicité, seroit un peuple perdu, une nation finie. Ce qui n'est que trop évident, c'est qu'après avoir parcouru la plus vaste carrière de licence et d'ignominie qui ait été jamais offerte à la perversité humaine, nous sommes encore plus aigris que corrigés, plus affligés de nos misères que répentans de nos propres excès ; et que jamais ni Babylone enivrée de ses coupables voluptés, ni l'incrédule Ninive sourde à la voix de ses prophètes, ni l'Egypte idolâtre et frappée de tant de plaies, ne se montrèrent autant que nous, et rebelles aux menaces du ciel et insensibles à ses miracles. Ce que nous voyons enfin, sans avoir besoin de *percer le mystère des temps et des momens que Dieu a mis sous sa puissance* (1), c'est que les jours où nous touchons portent tous les symptômes précurseurs des temps prédits par le Sauveur du monde, où l'anarchie des esprits doit précéder la confusion des élémens, et l'extinction de la lumière de la foi, la chute des étoiles.

Telles sont, Messieurs, les tristes réflexions

(1) Act. 1, 7.

et les vives alarmes que nous inspire d'elle-
même la mort fatale que nous déplorons. Et
qui de nous oseroit dire que nous exagérons
nos maux comme nos dangers? Et quelle seroit donc cette calamité nouvelle ajoutée à
toutes les autres? cette flatterie des vices plus
dégradante encore que celle du pouvoir; cette
conspiration contre la vérité, qui ne veut d'elle
tout au plus que des traits émoussés et des accens timides; et cette haine de la lumière, qui,
ne craignant rien tant que le grand jour, nous
aveugleroit assez pour ne pas voir que *rien
ne peut nous délivrer que la vérité toute entière* (1), et que la trahir, c'est de toutes les fé-
lonies la plus lâche comme la plus fatale. Ah!
il est donc temps d'aller à la source du mal,
ou de nous résoudre à le voir sans remède.
Il est temps d'arrêter les progrès de ces fièvres
irréligieuse et politique, qui nous consument et

(1) Et veritas liberavit vos. Joan. viii, 32.

nous dévorent d'autant plus, qu'elles s'irritent et s'enflamment l'une par l'autre ; il est temps de revenir à cette religion sainte, loi suprême sans laquelle il n'y a pas de loi, comme au seul port qui nous reste dans la tempête, comme à l'arche dans ce nouveau déluge, et comme à l'ancre de miséricorde dans ce naufrage universel de l'ordre social. Le siècle a beau nous dire qu'il ne peut pas rétrograder; c'est le délire de l'orgueil, c'est le langage du désespoir, et non celui de la sagesse. Il faut qu'il recule devant nos malheurs, ou qu'il y mette le comble ; qu'il recule devant ses excès, ou qu'il y succombe ; qu'il recule devant l'abîme ouvert sous nos pas, ou qu'il nous y jette sans retour. *Il est temps enfin de sortir du sommeil* (1) ; et de prêter l'oreille à ce grand avertissement que vient de nous donner le ciel. Encore un pas, encore

(1) Rom. xiii, 11.

un moment; et l'édifice de nos iniquités croulera sur nous-mêmes. Et combien faudroit-il que nous fussions endormis, si une catastrophe aussi terrible ne nous réveilloit pas; si nous manquions ce moment, ce dernier rayon de lumière que nous offre la Providence, avant de nous abandonner, et de nous retirer sa main; et si la mort que nous déplorons, bien loin de nous ouvrir les yeux, nous laissoit aussi insensibles aux grandes leçons qu'elle nous donne, qu'aux grands malheurs qu'elle nous fait craindre? Tournons donc encore un moment nos regards vers la victime expirante, et sachons au moins nous instruire par son dernier soupir. Déjà elle touche aux portes de l'éternité; déjà elle a reçu cette onction sainte qui fait la force des mourans. Le voici arrivé ce moment suprême où des bras de la mort, il va passer dans le sein de son Dieu. *Partez donc, ame chrétienne,* c'est le ministre de la religion qui vous en donne le signal.

Partez pour un monde meilleur, accompagné des suffrages de l'Eglise, des vœux et des priè- res des fidèles, de toutes les bénédictions des pauvres ; de tout le bien que vous avez fait, et même de tout celui que vous avez été si re- pentant de n'avoir pas fait. Partez pour ce nou- veau royaume, où, à l'abri des orages et des factions, les couronnes sont immortelles. Le Roi-Martyr vous y a devancé, pour vous en montrer le chemin, et comme lui, *fils de saint Louis, montez au ciel.* C'est votre sœur, c'est l'ange tutélaire de la France qui vous y invite elle-même. C'est elle qui vous dit : *Mon père vous attend* : belle et touchante parole, digne à la fois d'une fille et d'une chrétienne. Oui, son père vous attend pour aller au-devant de vous, vous présenter la palme du martyre que vous partagez avec lui, comme ayant l'un et l'autre arrosé de votre sang la terre du malheur, et comme lui mourant *victime des passions des hommes* (1). Mais que lui direz-vous ? C'est elle encore qui vous l'apprend : *Vous lui direz de prier pour nous et pour la France.* Ah! dites-lui donc de prier ; et priez avec lui, pour *cette veuve véritablement veuve* (2), pour laquelle il n'y a plus de joie dans ce monde, condamnée à un deuil éternel, afin que Dieu vienne remplir ce vide immense que votre mort a laissé dans son cœur. Priez pour cet enfant, né à peine à la vie, qui semble encore demander son père, afin que suivant votre vœu, *elle puisse être moins malheureuse que sa famille,* pour laquelle il ne semble plus y avoir de paix que dans le cercueil. Priez pour cet enfant qui n'est point encore né, fruit précieux sur lequel reposent toutes nos espérances. Priez pour ce tendre et vertueux père, pour ce tendre et vertueux frère, plus dignes de leur illustre race que le siècle n'est digne d'eux. Priez pour

(1) Paroles de Louis XVI, dans son Testament.
(2) I. Tim. v, 5.

l'auguste prisonnière du Temple, qui vous a consolé dans votre lit de mort, comme elle consola son père dans sa captivité. Priez pour le Roi, notre premier besoin, ainsi que sa famille est notre premier bien, afin qu'il fasse tout pour une religion qui fait tout pour les souverains, et que toujours fidèle à cet oracle de l'Esprit saint, que ses vertus le rendent si digne d'entendre, *il ait l'impie en abomination, et n'aime que celui qui parle suivant la droiture* (1). Priez enfin pour la France entière, qui, semblable à Jérusalem aux jours de ses douleurs, *n'est plus qu'une grande plaie depuis la plante des pieds jusqu'au sommet de la tête* (2); et dont la guérison paroît d'autant plus difficile, qu'elle ne cherche que des palliatifs, et qu'elle n'est pas moins malade de

(1) Abominabiles Regi qui agunt impie : quoniam justitiâ firmatur solium. Voluntas regum labia justa : qui recta loquitur, diligetur. Prov. xvi, 12, 13.

(2) Isai. i, 6.

ses vices que de ses lois, de ses mœurs que de ses systêmes.

Mais de quoi serviroient ces prières du Prince, si nous ne prions pas, si nous ne voulons pas prier; si loin de faire des retours sérieux sur nous-mêmes, et de gémir comme Mathathias sur la *décadence de notre peuple et de la cité sainte* (1), nous nous obstinons à nous plaire dans nos folles erreurs; à ne plus compter que sur nos arts et nos sciences, sur le progrès de notre luxe et de notre industrie; et à prétendre qu'un peuple a tout, quand il pense, et qu'il pense quand il ne croit plus rien. Ah! c'est bien alors qu'auroit sonné l'heure dernière de la patrie, que notre état seroit vraiment désespéré, et que l'intercession de toutes les royales victimes, bien de loin de conjurer l'orage, ne seroit qu'une raison de plus de le voir fondre sur nos têtes. Accourons donc au pied de cet autel,

(1) I. Mach. 11 , 7.

pour supplier le Père des miséricordes d'avoir pitié de nous, ainsi qu'il a été secourable à notre Prince. Venons-y renouveler notre serment au sang de nos Rois, et à cette légitimité sacrée qui peut seule donner la vie à nos institutions, et sans laquelle nous ne ferions que bâtir sur le sable. Venons abjurer sur ce tombeau cette impiété meurtrière qui l'a creusé, et qui nous menace d'en creuser encore d'autres, et d'immoler à sa fureur de nouvelles hécatombes, si elle les juge nécessaires au progrès des lumières et au triomphe de la raison. Conjurons instamment celui *qui soulève ou appaise à son gré les flots de l'Océan* (1): celui *qui perd et qui sauve, qui plonge dans l'abîme et qui en retire* (2), de nous convaincre pleinement que quand il sauve, c'est par la crainte, vrai caractère des élus; ainsi que quand il perd, c'est par l'orgueil, vrai caractère de

(1) Ps. LXXXVIII, 10.
(2) Tobie. XIII, 2.

Satan, tombé du ciel comme la foudre (1).

. C'est, Messieurs, la grande pensée qui doit nous occuper sans cesse et diriger toutes les autres. C'est le plus sûr moyen d'honorer les obsèques de notre Prince, de rendre hommage à sa mémoire, ainsi que nos aumônes sont les plus belles fleurs que nous puissions répandre sur sa tombe. C'est donc en son honneur que nous allons, en ce moment, les verser dans les mains des pauvres, en disant, comme lui, *que les aumônes portent bonheur.* Ah ! sans doute qu'elles lui ont porté bonheur devant le trône de celui qui se dit *la charité même;* et elles le porteront aussi, et à vous et à vos enfans ; elles vous consoleront, comme lui, à votre heure dernière ; *elles vous soulageront,* comme lui, *sur le lit de votre douleur* (2); elles monteront jusqu'au ciel pour

(1) Videbam Satanam sicut fulgur de cœlo cadentem. Luc. x , 18.

(2) Dominus opem ferat illi super lectum doloris ejus. Ps. xl , 4.

le désarmer, et détourner le dernier coup de sa justice ; et puisque, suivant l'expression de l'Esprit saint, *elles effacent les péchés comme l'eau éteint le feu le plus ardent* (1), elles effaceront les vôtres ; de même qu'elles auront absous ce Prince généreux et compatissant, qui ne sut que donner, et puis donner encore.

C'est ainsi, Messieurs, qu'il sera toujours vrai de dire que sa mort aura rempli beaucoup de temps, en opérant un véritable changement dans nos esprits et dans nos cœurs. C'est ainsi que nous trouverons, dans le sujet de nos larmes et de notre douleur, le motif même de nos consolations et de nos espérances ; et que, du plus grand des malheurs, nous ferons une époque de renaissance, un moyen de plus de conservation, et un principe de salut pour le temps et pour l'éternité.

(1) Ignem ardentem extinguit aqua, et eleemosyna resistit peccatis. Eccli. iii, 33.

FIN.

www.ingramcontent.com/pod-product-compliance
Ingram Content Group UK Ltd.
Pitfield, Milton Keynes, MK11 3LW, UK
UKHW020019080726
13614UKWH00003B/1454